Para

KELVIN C. VANDERLIP, JR.

Translation TM & copyright © by Dr. Seuss Enterprises, L.P. 2020

All rights reserved. Published in the United States by Random House Children's Books, a division of Penguin Random House LLC, New York. Originally published in English under the title *Bartholomew and the Oobleck* by Random House Children's Books, a division of Penguin Random House LLC, New York, in 1949. TM & copyright © by Dr. Seuss Enterprises, L.P. 1949, and copyright renewed 1976.

Random House and the colophon are registered trademarks of Penguin Random House LLC.

Visit us on the Web!
Seussville.com
rhcbooks.com

Educators and librarians, for a variety of teaching tools, visit us at RHTeachersLibrarians.com

Library of Congress Cataloging-in-Publication Data is available upon request.

ISBN 978-1-9848-3138-5 (trade) — ISBN 978-0-593-17770-9 (lib. bdg.)

Printed in the United States of America
10 9 8 7 6 5 4 3 2 1
First Edition

BARTOLOMÉ
Y el
GLÚPITI

Dr. SEUSS

TRADUCCIÓN DE EIDA DE LA VEGA

RANDOM HOUSE   NEW YORK

TODAVÍA se refieren a ese año en el Reino de Didd como «el año en que el Rey se enojó con el cielo». Y todavía se habla sobre el pajecillo Bartolomé Cubbins. Si no hubiera sido por Bartolomé Cubbins, ese Rey y ese cielo habrían arruinado el pequeño reino.

Bartolomé había visto al Rey enojarse muchas, muchas veces. Pero *ese* año, cuando Su Majestad empezó a gruñirle al *cielo*, Bartolomé Cubbins no sabía qué pensar.

Sin embargo, el viejo Rey se pasó todo el año quejándose. Se pasó el año contemplando el aire que había sobre su reino mientras murmuraba y farfullaba a través de sus reales bigotes:

—¡Vaya! ¡Las cosas que caen del cielo!

Toda la primavera, mientras la lluvia caía, el Rey le gruñía…

Todo el verano, mientras la luz del sol brillaba, el Rey le gruñía…

Todo el otoño, cuando la niebla aparecía,

el Rey le gruñía…

Y ese invierno, cuando la nieve cayó, ¡empezó a gritar!:

—¡Esa nieve! ¡Esa niebla! ¡Esa luz del sol! ¡Esa lluvia! ¡BAHHH! ¡Esas cuatro cosas que caen de mi cielo!

—Pero, Rey Derwin —dijo Bartolomé tratando de calmarlo—, esas cuatro cosas *siempre* han caído del cielo.

—¡Precisamente ese es el problema! —rugió el Rey—. ¡Cada año las *mismas* cuatro cosas! ¡Estoy cansado de esas cosas anticuadas! ¡Quiero que caiga algo NUEVO!

—¿Que caiga algo *nuevo...*? —se atragantó Bartolomé—. Eso es imposible, Su Majestad. Sencillamente, no va a poder conseguirlo.

—Muchacho, ¡no te atrevas a decirme lo que puedo o no puedo conseguir! Recuerda, Bartolomé, ¡que yo soy el Rey!

—Lo sé, señor —dijo Bartolomé—. Usted gobierna sobre toda la tierra y sobre toda la gente. Pero ni los reyes pueden gobernar el *cielo*.

—¿Así que no pueden? —Su Majestad montó en cólera—.
Bueno, es posible que *otros* reyes no puedan, pero tal vez yo sea
el rey ¡que sí puede! Recuerda lo que digo, Bartolomé Cubbins,
¡voy a conseguir que caiga algo *nuevo*!

Pero ¿*cómo* conseguir que cayera algo nuevo…? Tenía que
devanarse los sesos. Y durante muchos días el viejo Rey estremeció
el palacio con sus pasos tratando de que se le ocurriera *alguna*
forma de conseguirlo.

Por fin, una noche ya muy tarde, cuando todas las damas y los caballeros del palacio estaban profundamente dormidos…, justo cuando el Rey se abotonaba el camisón real…, se quedó de piedra. Una extraña lucecita salvaje empezó a brillar en sus ojos verdigrises.

—¡Por supuesto! —dijo riendo—. *Ellos* pueden conseguirlo! Bartolomé Cubbins, ¡sopla mi silbato secreto! ¡Rápido! ¡Llama a los Magos Reales!

—¿Sus *Magos*, Su Majestad? —se estremeció Bartolomé—. ¡Ay, no, Su Majestad! ¡No los llame!

—¡Calla, Bartolomé Cubbins! Haz lo que te ordeno. ¡Sopla mi silbato secreto!

—Sí, señor —dijo Bartolomé haciendo una reverencia—. Pero, Su Majestad, sigo pensando que lo va a lamentar.

Tomó el silbato secreto de su gancho secreto y dirigió un silbido largo y grave hacia la escalera secreta del Rey.

¡Y un instante después los oyó acercarse! Desde su húmedo agujero debajo del calabozo, por el túnel tenebroso hasta la torre de la alcoba real, llegaron los Magos arrastrando los pies con pasos apagados y entraron a la alcoba cantando:

—*Caja, rana, rata y ratón.*
Lista, vista y coscorrón.
Somos hombres de quejas y aullidos,
místicos que comen búhos hervidos.
Dinos qué deseas, oh, Rey.
Para nuestra magia, tu deseo es ley.

—Deseo —dijo el Rey— que de mis cielos caiga algo que en ningún otro reino haya caído. ¿Qué pueden hacer? ¿Qué van a hacer?

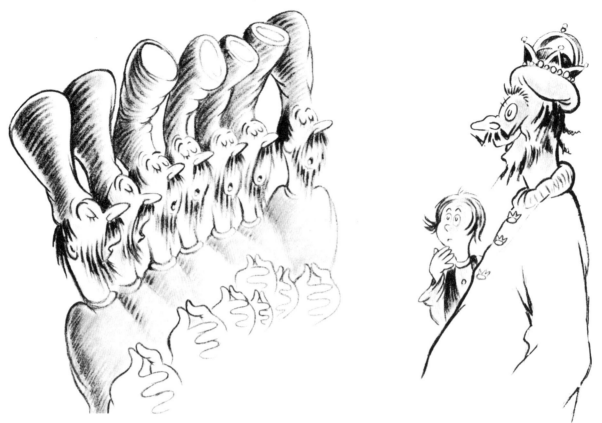

Durante unos instantes, los Magos se quedaron parados abriendo y cerrando sus achacosos ojos. Entonces, dijeron una palabra…, una sola palabra: «glúpiti».

—¿Glúpiti…? —preguntó el Rey—. ¿Cómo luce eso?

—*No parece niebla, ni parece nieve.*
Ni tampoco como cuando llueve.
Imposible darle más explicaciones,
pues nunca hemos hecho glúpiti con nuestras canciones.

Se inclinaron y se dirigieron a la puerta.

—*Ahora iremos hasta nuestra cueva*
que está en la Mística Montaña Longeva.
Allí, toda la noche nos esforzaremos,
y Su Majestad tendrá el glúpiti cuando terminemos.

—¡Van a hacer una locura! —susurró Bartolomé—. ¡Llámelos, Su Majestad! ¡Deténgalos!

—¿Detenerlos? ¡Ni por una tonelada de diamantes! —dijo el Rey riendo—. ¡Seré el hombre más poderoso del mundo! ¡Imagínate! ¡Mañana voy a tener GLÚPITI!

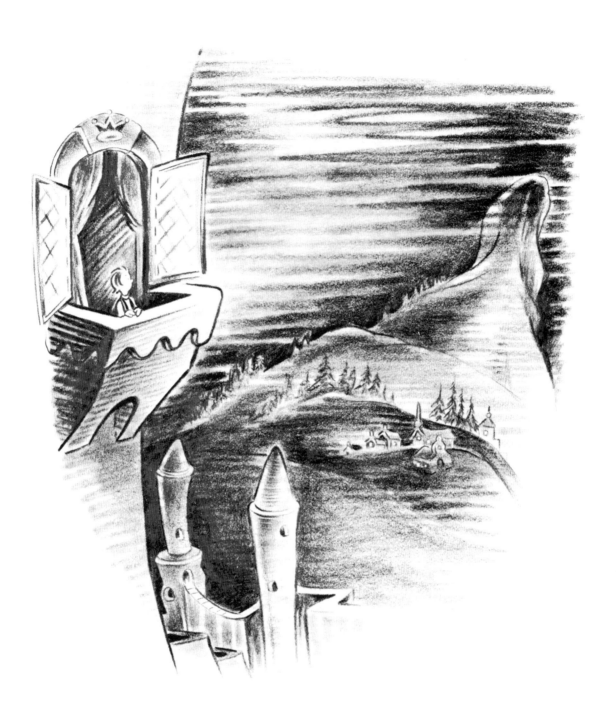

Esa noche, a Bartolomé le tomó largo rato calmar al Rey y lograr que durmiera. Pero Bartolomé no pudo pegar ojo. Estuvo toda la noche en el balcón del Rey mirando hacia la Mística Montaña Longeva. Bartolomé sabía que allí, en la montaña, los Magos hacían uso de su terrible magia.

Toda la noche trabajaron. Toda la noche dieron vueltas en torno al fuego mágico mientras murmuraban palabras mágicas con sus lenguas cacareantes:

«¡Oh, nieve y lluvia no serán bastantes!
¡Juntos crearemos algo que no existía antes!
Echa húmedos pelitos de ratón en la olla.
Quema una silla, quema una cebolla.
Quema un bigote de tu barbilla.
Quema una agria piel de lagartijilla.
Quema doradas ramas y roja herrumbre.
Y que un saco de polvo el fuego alumbre.
¡Haz un humo mágico, verde, denso y caliente!
(Ya huele horrible, ¿es que no lo sientes?).
El humo está listo, nuestra obra culmina.
Así que, rápido, ya el día se ilumina.
¡Ve, humo mágico, alza tu vuelo!
¡Del reino sube al alto cielo!
¡Haz que el glúpiti se derrame
sobre cada calle en todas las ciudades!
¡Haz que caiga el glúpiti maravilloso!
¡Cae sobre nosotros, glúpiti glorioso!».

El sol estaba a punto de salir, y Bartolomé seguía de pie…
temblando y mirando desde el balcón de la alcoba real. Pero,
al salir el sol, Bartolomé sonrió. ¡Esos magos tontos no habían
logrado hacer nada!

De pronto, Bartolomé dejó de sonreír.

¿Estaba viendo visiones…? ¡No! ¡*Había* algo raro en el cielo!

Al principio parecía una nubecita verdosa…, un hilillo de
vapor verdoso. Pero ahora descendía y se acercaba a los campos,
las granjas y las casas del pequeño reino dormido.

Giraba alrededor de las torrecillas del palacio.
Diminutas manchitas verdosas resplandecían en el aire

sobre su cabeza. ¡Extrañas gotitas verdosas, del tamaño de semillas de uva!

Bartolomé estiró la mano. Fue a agarrar una, pero retiró la mano enseguida. Había algo espantoso en esos pegotes. Bartolomé cerró la ventana.

—¡Despierte, Su Majestad! —gritó—. ¡Su glúpiti! ¡Está cayendo!

El Rey saltó de entre las reales sábanas.

—¡Por mis reales bigotes! —gritó—. ¡Qué glúpiti más hermoso! ¡Y es mío! ¡Todo mío!

—No me gusta el aspecto de esos pegotes, Señor —dijo Bartolomé—. Los que están cayendo ahora son tan grandes como cacahuates verdosos.

—¡Cuanto más grandes, mejor! —se rio el Rey—. ¡Oh, qué día! ¡Voy a proclamarlo festivo! ¡Quiero que todos los hombres, mujeres y niños de mi reino salgan y bailen con mi glorioso glúpiti!

—¿Salir con *esa* cosa…? —preguntó Bartolomé—. ¿De veras cree usted que no hay peligro, Señor?

—¡Basta de preguntas tontas! —replicó el Rey—. Muchacho, corre hasta el campanario real. Despierta al Campanero Real. ¡Dile que toque la gran campana de los días festivos!

Por un instante, Bartolomé Cubbins no se movió.

—¡*Corre!* —gruñó el Rey. Y Bartolomé se echó a correr.

Bartolomé atravesó corriendo el dormido palacio. Subió la escalera que conducía al alto campanario y trepó al cuchitril donde se alojaba el Campanero.

—¡Toque la campana! —le dijo—. ¡Su Majestad el Rey ha proclamado que hoy es un día de fiesta!

El anciano salió con dificultad del catre. Agarró la soga de la campana.

—Bartolomé, ¿qué estamos celebrando? —preguntó.

—Enseguida se va a enterar —respondió Bartolomé.

El Campanero tiró de la soga. No pasó nada.

Volvió a tirar. Tampoco pasó nada esta vez.

—¿Eh…? ¿Qué le pasa a mi campana? —murmuró—. Voy a echar una ojeada afuera.

Asomó la cabeza por la diminuta ventana.

—¡Misericordia divina! —exclamó—. ¿Qué es ESO? ¡Mi campana está cubierta de una melaza verdosa!

—¡Y no solo su campana! —gritó Bartolomé—. ¡Mire el pobre petirrojo en aquel árbol! ¡Está pegado al nido! ¡No puede mover las alas! ¡El glúpiti es pegajoso! ¡Es gomoso! ¡Es viscoso!

—¡Ay! —exclamó el Campanero retorciéndose las manos—. ¡Si esa cosa verde se pega a los *petirrojos*, también se pegará a las *personas*!

—¡Alguien tiene que avisar a la gente! —gritó Bartolomé—. ¡Tengo que ir a despertarlos y advertirles que se queden en sus casas! ¡Se lo diré al Trompetero Real!

Se dio la vuelta y se deslizó cual rayo por la escalera del campanario.

Bartolomé subió corriendo de
cuatro en cuatro los escalones de la
escalera que conducía a la torre del
Trompetero Real.

Mientras corría, escuchaba el
ploplop del glúpiti en los cristales
de las ventanas. ¡Golpeaba contra
los muros del palacio y ya era del
tamaño de duraznos!

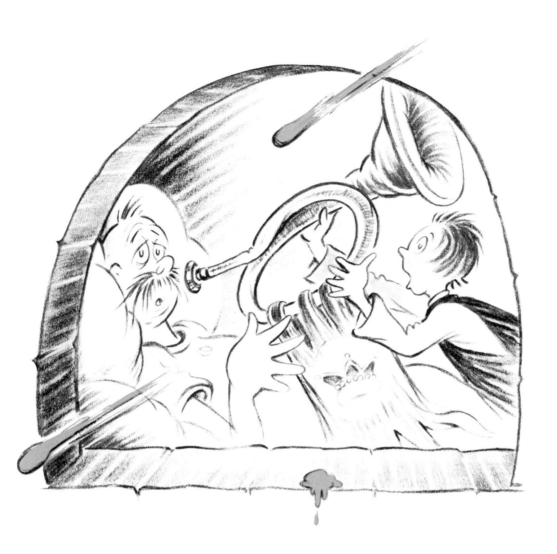

Bartolomé tiró de la manta del Trompetero, que roncaba. Le puso la fría trompeta en las manos dormidas.

—¡Despiértese! ¡Advierta a la gente! ¡Haga sonar la alarma!

—¿Alarma…? —bostezó el Trompetero. De pronto, sus ojos vieron el glúpiti—. ¡Esas cosas verdes, Bartolomé! ¿De dónde vienen?

—El Rey… —dijo Bartolomé casi sin aliento—. ¡Los Magos Reales las fabricaron!

—¡Ese Rey nuestro debería estar avergonzado! —dijo el Trompetero Real saltando de la cama. Sacó su trompeta por la ventana y exclamó—: ¡Haré sonar la alarma lo más alto que se ha escuchado en el Reino de Didd!

¡Pero todo lo que el Trompetero logró soplar fue un GLUG!

—¡Mi trompeta! —exclamó consternado—. ¡Una de esas cosas verdes se le ha metido dentro!

Trató de sacarla soplando, pero no pudo.

Trató de sacarla sacudiendo la trompeta, pero no pudo.

—¡Tengo que sacarla! —gritó—. ¡Voy a sacarla con la *mano*!

—¡No! —gritó Bartolomé—. ¡No la toque!

La mano del Trompetero ya estaba dentro. Sus dedos agarraron el pegote de glúpiti. Lo sentía culebreando alrededor de su puño como si fuera una empanada de masa gomosa.

Tiró con toda su fuerza. El glúpiti empezó a estirarse. Y —¡boing!— se volvió a meter dentro de la trompeta junto con el brazo del Trompetero, que se hundió hasta el codo.

—¡No puedo mover ni un dedo! —gimió el Trompetero—. ¡Ay, Bartolomé! ¿Qué voy a hacer?

—No lo sé. No quisiera dejarlo pegado a la trompeta, pero si *usted* no puede avisar a la gente del reino, ¡tengo que encontrar a alguien que pueda!

El paje salió de la habitación y bajó las escaleras corriendo…

… hasta llegar a la recámara del Capitán de la Guardia Real. El Capitán tarareaba frente al espejo mientras se peinaba las puntas de su hermoso bigote.

—¡Capitán, HAGA algo! —gritó Bartolomé.

—¿Hacer qué? ¿Por qué? —sonrió el Capitán—. ¿Qué sucede?

—¡Capitán! ¿No ha visto el espantoso glúpiti? ¡Está cayendo en este instante en forma de pelotas de béisbol!

—Oh, *esa* cosa —dijo riendo el Capitán—. ¿Por qué dices que es espantoso, muchacho? A mí me parece más bien bonito.

—¡Capitán! —suplicó Bartolomé—. ¡Es peligroso!

—¡Tonterías! —resopló el Capitán—. Muchacho, ¿tratas de *asustarme*? Los capitanes no le temen a nada, jovencito. Esa cosa es inofensiva. Te lo demostraré. Voy a comer un poco.

—¿*Comer* un poco…? —dijo Bartolomé—. ¡*No* haga eso!

Pero antes de que Bartolomé pudiera detenerlo, el Capitán sacó la cabeza por la ventana y cogió un poco de glúpiti con la punta de la espada.

—¡No, Capitán! ¡NO LO HAGA!

¡Sin embargo, el Capitán lo hizo! Bartolomé lo arrastró dentro de la habitación, pero ya la boca del Capitán estaba sellada con glúpiti. Trató de hablar, y no le salían las palabras. Todo lo que podía hacer el noble Capitán de la Guardia Real era soplar un montón de pegajosas burbujitas verdes.

—Perdóneme por abandonarlo, Capitán —dijo Bartolomé—, pero un capitán lleno de burbujas no es de ninguna ayuda.

Bartolomé estiró al pobre hombre y lo dejó descansando en el suelo de la recámara.

Entonces avanzó rápidamente por los zigzagueantes pasillos del palacio.

—¡Montaré el caballo del Rey! ¡Cabalgaré por todo el país! ¡Yo mismo avisaré a los habitantes del reino!

Empujó la puerta que conducía a los Establos Reales.

Bartolomé se detuvo. No podía continuar. ¡Las gotas del terrible glúpiti caían tan grandes como pelotas de fútbol!

¡Demasiado tarde para advertir a la gente! En los campos, había granjeros pegados a los azadones y a los arados. Había cabras pegadas a patos. Y gansos pegados a vacas.

Fuera del palacio, en cada tejado, se apilaban toneladas de glúpiti verdoso.

No había nada que Bartolomé pudiera hacer, de modo que entró moviendo la cabeza con tristeza.

¡Pero, apenas un instante después, el panorama dentro era tan terrible como fuera!

Con un furioso rugido, el glúpiti golpeaba el palacio con redoblada fuerza. ¡Azotaba y salpicaba los muros, como si se tratara de baldes verdosos llenos de una viscosa sopa de espárragos!

Como un barco de vela a punto de hundirse, el palacio estaba lleno de filtraciones. El glúpiti arrancaba las ventanas de las bisagras.

Se filtraba desde el techo, rodaba por las chimeneas. Salía de todas partes…, ¡hasta por el ojo de las cerraduras!

Desde cada dormitorio del palacio llegaban los aullidos de las damas y de los caballeros. Atemorizados, se asomaban a las puertas de sus habitaciones con sus ropones de dormir.

—¡Vuelvan a la cama! ¡Métanse debajo de las mantas! —gritaba Bartolomé Cubbins por los pasillos.

Pero nadie le prestaba la más mínima atención. Todos en el palacio empezaron a dar vueltas como locos.

El Cocinero Real corrió hacia la cocina real. ¡Bartolomé Cubbins lo vio atrapado allí, pegado a tres ollas, una tetera y un gato!

La Lavandera Real salió al patio para tratar de poner a salvo la ropa que estaba colgada. Bartolomé la vio, pegada a la tendedera, entre dos calcetines de lana y ¡la mejor camisa dominical del Rey!

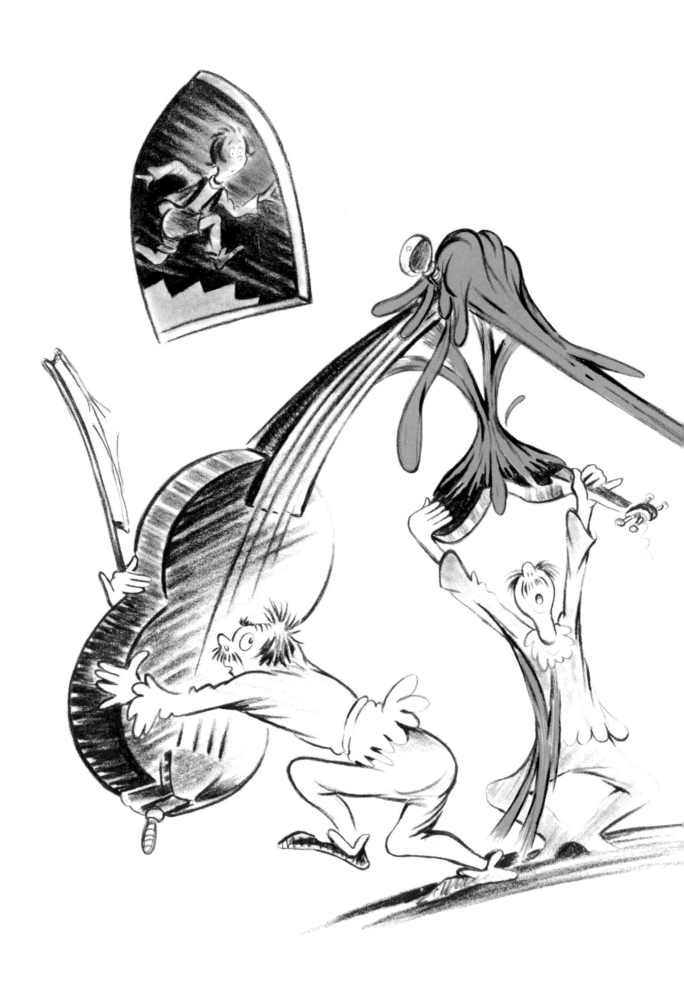

Vio a los Violonchelistas Reales. ¡Estaban pegados a sus violonchelos reales! Dondequiera que Bartolomé corría, veía a alguien pegado a algo.

¡Estaban pegados a docenas! Todos y cada uno de los amigos que tenía en este mundo resbalaban y caían atrapados en el mejunje verde.

De pronto, en medio del jaleo, Bartolomé exclamó:
—¡*El Rey!*
¿Dónde *estaría* el Rey? ¡Se había olvidado completamente de él!

Bartolomé lo encontró en el Salón del Trono.

Allí estaba sentado el viejo Rey Derwin, gobernante orgulloso y poderoso de Didd…, temblando y estremeciéndose como un bebé indefenso.

Su corona real estaba pegada a su real cabeza. Sus pantalones reales estaban pegados a su trono real. El glúpiti le corría desde las cejas reales y le rezumaba por las reales orejas.

—¡Ve a buscar a mis Magos, Bartolomé! —ordenó el Rey—. ¡Pídeles que digan unas palabras mágicas! ¡Diles que hagan que no caiga más glúpiti!

—No puedo traerlos, Su Majestad —respondió Bartolomé—. Su cueva en la Mística Montaña Longeva está sepultada en glúpiti.

—Entonces —se lamentó el Rey—, tengo que acordarme de las palabras mágicas. Ay, ¿cuáles eran esas palabras que decían los Magos? *Caja…, rana…, rata…, ratón…* Eso es todo lo que recuerdo, y ¡no hacen efecto! ¡El glúpiti cae cada vez más fuerte!

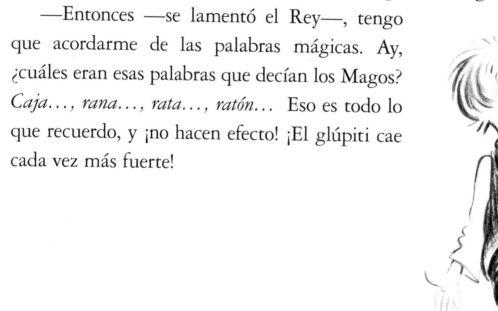

Bartolomé Cubbins no se pudo contener más.

—¡Y va a seguir cayendo —gritó— hasta que todo su palacio de mármol se derrumbe! Así que no gaste el tiempo diciendo unas tontas palabras *mágicas*. Lo que USTED debe decir son unas palabras *sencillas*.

—¿Unas palabras *sencillas*…? ¿Qué quieres decir, muchacho?

—Quiero decir —dijo Bartolomé— ¡que todo esto es culpa *suya*! Por eso, lo menos que puede hacer es decir «lo siento».

Nadie le había hablado nunca así al Rey.

—¡Qué! —aulló el Rey—. ¡YO… *YO* decir que lo siento! ¡Los reyes *nunca* dicen «lo siento»! ¡Y yo soy el rey más poderoso del mundo entero!

Bartolomé miró al Rey directamente a los ojos.

—Puede que usted sea un rey poderoso —dijo—, pero está enterrado en glúpiti hasta la barbilla. Y lo mismo les sucede a todos en su reino. Y si no dice que lo siente, *¡no es rey ni nada que se le parezca!*

Bartolomé Cubbins se dio la vuelta para salir del Salón del Trono.

Pero entonces oyó un sollozo profundo. ¡El viejo Rey estaba llorando!

—¡Regresa, Bartolomé Cubbins! ¡Tienes razón! ¡Todo es culpa mía! ¡Y lo siento mucho! ¡Ay, Bartolomé, lo siento *muchísimo!*

En cuanto el Rey pronunció esas palabras, algo sucedió…

Quizá *sí* había algo mágico en esas sencillas palabras: «Lo siento».

Quizá *sí* había algo mágico en esas sencillas palabras: «Todo es culpa mía».

Quizá lo había o quizá no. Pero se cuenta que en cuanto el viejo Rey las pronunció, el sol empezó a brillar y se abrió paso entre la tormenta. Se cuenta que los goterones de glúpiti empezaron a caer cada vez más y más pequeños.

Se cuenta que todo el glúpiti que estaba pegado en la gente y en los animales del Reino de Didd simplemente se derritió y desapareció.

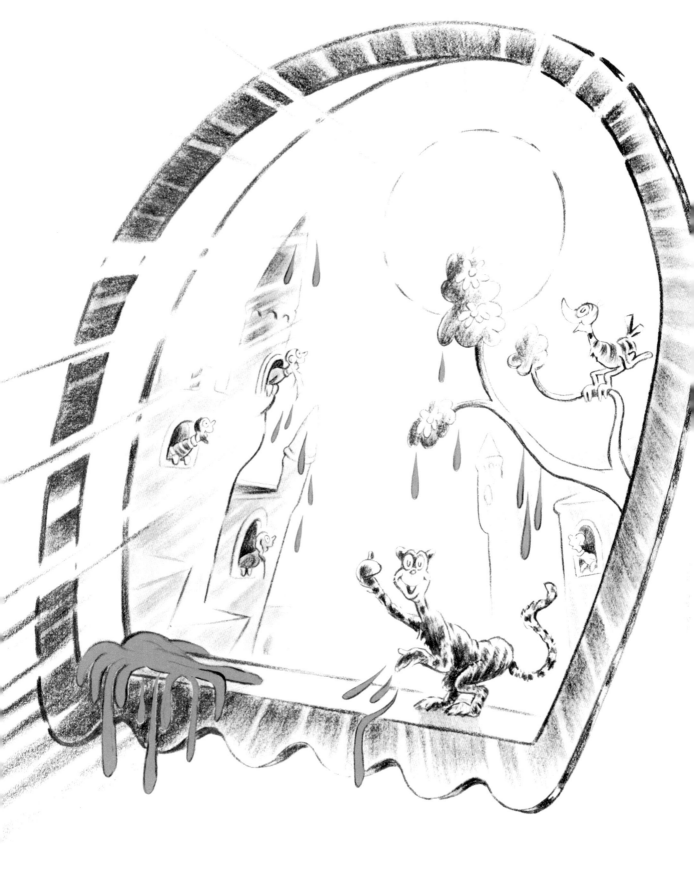

Y se cuenta que, entonces, Bartolomé agarró al viejo Rey por la manga…

… y lo condujo por la escalera que llevaba al campanario. Puso la soga en las reales manos de Su Majestad, y el mismísimo Rey tocó la campana para declarar un día festivo.

Y así el Rey proclamó un nuevo día festivo nacional… en honor de las cuatro cosas perfectas que caen del cielo.

Ahora el Rey sabía que esas cuatro cosas anticuadas…, la lluvia, la luz del sol, la niebla y la nieve…, eran suficientemente buenas para cualquier rey del mundo, especialmente para él, el viejo Rey Derwin de Didd.